나는 오늘

처음으로

안녕을 건넨다

김민하 시집

『나는 오늘 처음으로 안녕을 건넨다』

사랑에게 건넨 안녕 _____

이별에게 건넨   안녕 _____

인생에게 건넨 　　　안녕 _____

시인의–
말

글을 읽고, 쓰며 행복해졌습니다.
그 행복을 함께하고 싶었습니다.
지금 마주하게 될 제 글이 조금이나마
쉼이 되어 다가갈 수 있길 간절히 바랍니다.

2022년 겨울
김민하 드림

사랑에게 건넨

안녕

그대라는 사람

그대여,
내 닫힌 문틈으로
언제 그리 스며들어
전부를 물들이고

볕 들지 않아
차갑게 얼어있는
외로운 한 켠

그리도 따스히 녹여
흘려내는가

그대 닿지 않는 곳
이제 내게 없음에

온 마음 젖어 들어
헤어날 수 없네

그보다 더 사랑할 수 없으니

사랑을 했다
새까맣게 태워버린 마음만큼
아름답고 눈물겨운 사랑을

돌이킬 수 없어도
후회는 않았다
그보다 더 사랑할 수 없으니

너를 향한 마음

어둑한 밤
흐르는 강물 따라
너울지는 달빛

그 달빛 따라 흘려보내는
너를 향한 나의 마음

그 끝에,
끝내
이 마음 닿을 수가 있을까

가을빛

가을빛 내게 찾아오면
그대와의 추억을 그려요

흩어진 기억
손 닿는 한 잎을 잡아
내 맘 다시 물들여 보아요

수줍게 맞잡은 두 손의 온기는
아직도 잊지 못해요

볼을 타고 빨갛게 번지는
예쁜 미소는
지금도 나를 미소 짓게 해요

사랑해

처음 너를 알던 날
처음 너를 느낀 날
처음 너를 보던 날
처음 너를 안던 날
처음 네가 웃던 날
처음 네가 걷던 날

나는, 너를
그 모든 순간을 기억해
엄마는,
그 모든 순간을 사랑해

그대를 산다

바쁜 일상
틈 사이에도 어김없이
생각나고

나를 위한
잠깐의 시간에도 그렇게
떠올리고

숨 쉬는 찰나, 그 순간에도
그대 깃듦에

그대는 없지만
나는 오늘도 그대를 산다

마음 하나

내가 네게 두고 온
마음 하나

찾으러 왔다는 핑계 삼아
한 번쯤 돌아보고 싶었던

그 마음 하나

손톱 끝에 걸린 사랑

나만 아는 마음
열 손가락 곱게 물들여

이 끝에
그 마음 알아주실까

시간 따라 지워지는
짙은 주황빛

하나 남은 손톱 끝에 옅게 번진
아쉬운 마음

손톱 끝에 걸린 내 작은 사랑

아름드리, 너

손끝에 꼭 닿을듯하여
품 가득 안아보았다

내겐 너무도 넘쳐
닿지 못해 더 애틋한

아름드리, 너

편지

하고 싶은 말
너에게 보낸다
꾹꾹 눌러서

숨겨 둔 내 맘
너에게 보낸다
한껏 부풀려

말로는
다 전할 수 없어

빈 종이
가득 채워

편지한다, 너에게

너와 나 둘만으로도

아무것도 하지 않아도
그저 바라만 보고 있어도

아무 말도 하지 않아도
그저 그렇게 나란히 앉아만 있어도

온 마음 가득히
온 세상 가득히
채워지잖아

그냥 너와 나 둘만으로도

나의 밤처럼 너의 밤도 그러하기를

너로 가득한 나의 밤처럼
너의 밤도 그러하기를

닿지 못할 것을 알지만
밤새도록 품은 이 마음
꼭 너에게 전해지기를

그렇게 어느 날 문득 너의 꿈에 찾아가
내가 그토록 그리워했노라 속삭여주기를

누구도 이별을 꿈꾸지 않는다

너를 사랑할 때
우리가 사랑할 때

그저 그렇게 온 마음을 다해
사랑한다

다신 없을 단 하나의 사랑이
지금 내 곁에 있노라고,

그거면 괜찮다
비록 그 끝이 사랑이 아닌
이별이래도

사랑했음을 후회하지 않는다

모두가 처음부터 이별을 꿈꾸며
사랑한 것은 아니기에

봄날의 기억

봄이다
어김없이 봄을 따라온
너와의 추억

포근했던 그날의 볕

바람 따라 풀 내음 오르고
벚꽃잎 여울지던,

떨어지는 꽃비 아래
함께 손잡고 거닐던 그때 그 시간

너의 손만큼이나 따뜻했던
봄날의 기억

너는 안개

어느새
자욱이 드리운 너는
내 눈 앞을 가린다

손을 뻗어보아도
움켜쥐어봐도
도무지 잡히지 않는다

그 끝이 어디인지
한참을 헤매어봐도
제자리걸음

내 맘속 너는
까마득한 안개

네가 그리운 계절

날 선 바람이 옷깃을 세운다
그 바람에 떠오른 너는
그리움을 더한다

얼음장 같던 내 손을 녹여주던 너
하얀 눈 맞으며 걷던 우리의 시간
차가운 바람에도 너와 함께여서
따뜻했던 그 순간

그 바람 하나에
이토록 네가 그리운 계절

아롱아롱

너는 어디 있니?
언제고 곁에서 머물겠다던

내 맘 온통 흔들어 놓고선
그렇게 어질러 놓고선

그 자리에
겨우 너 닮은 꽃 한 송이 피워놓고
바람처럼 사라질 줄은

남은 꽃이 내어주던
너의 짙은 향기마저
이제는 아롱아롱

너의 이야기 속에 난

너의 인생이라는 아름답고 긴 이야기 속에
나는 다시 돌아보고 싶은 사람이고 싶다

먼지 수북이 쌓인 책 되어
까맣게 잊혔다가도
툭툭 털어 언제든 금방 찾아내
읽힐 수 있는

네가 고이 책갈피 끼워둔
한 장의 추억이고 싶다

엄마가 너에게로

너는 첫눈이었다
내게 온 순간 그토록 설레었으니

너는 진통제였다
세상이 주는 그 어떤 고통도 견디게 했으니

너는 꽃이었다
그저 보는 것만으로도 아름답고 행복했으니

너는 답이 정해지지 않은 시험지였다
무엇이 정답인지 모른 채
끊임없이 풀어나가야 했으니

너는 상처였다
너의 작은 움직임에도 한없이 아파왔으니

그럼에도 너는 선물이었다
내게 바라는 것 없는
조건 없는 기쁨이었으니

내 기쁨 속에 네가 있다

그 모든 순간에 네가 있다
아주 작고 사소한 일에도
언제나 너였다
내 모든 기쁨 속엔 네가 있다

너라는 계절

너라는 계절
어느새 살며시 찾아와
마지막 남은 한 잎마저 붉게 물들인다
떨어지면 다신 못 올 그 잎들을
잊지 못할 만큼이나 강렬히 태워낸다
떠나고 나면 헐벗어 얼어붙을 만큼
남김없이 흔들고 있다

알리고 싶은 비밀

닿지도 못 할 말들을
하나도 빠짐없이 적어
너에게 언제라도 전해주고파
마음 가장 바깥 주머니에
깊숙이 넣어둔다

마주하여도 결국 꺼내놓지
못하겠지만
실수라도 네 곁에 흘려내어
혹 너의 눈길 닿을까 봐서

아직 그곳에 남아있지 않기를
매일같이 들여다본다

기억하렴

아이야,
너의 미소 뒤엔 나의 행복이
너의 눈물 뒤엔 나의 슬픔이
너의 아픔 뒤엔 나의 고통이

그런 너의 뒤엔 언제고
나의 사랑이

이해하지 못했을 뿐 사랑하지 않은 건 아냐

나 또한 지난날 너와 같았음을 잊은 채

아직 어디를 향할지 몰라 헤매고 있는 너를
작은 바람에도 흔들리는 갈대라고 생각했다

뭐든 잘 해내고 싶었던 너를
나는 파도 앞 곧 무너져 내릴
모래성을 쌓고 있다고 생각했다

힘찬 날갯짓하는 너를
위험하다며 가로막았다

그건 널 사랑하지 않음이 아니라
미처 이해하지 못했을 뿐이다

그때 널 이해하지 못함이
못난 내가 너를 사랑하는 방법이었다

유리구슬

네가 굴린 유리구슬은
잘도 돌아 내 앞에 섰다
빛 반짝이는 아름다움은
내 맘을 훔친다

주우려다 놓친
너의 그 유리구슬
잘도 깨어져 흩뿌려진다

그건, 하필이면 네가 내게 굴려줄
마지막 유리구슬

겨울이 들춰낸 이야기

그대에게 지금껏 들키지 않은 속마음,
숨기고픈 그 깊은 한숨을
겨울은 그리도 하얗게 하얗게 들춰내 버린다

부디 그대는 그저
겨울이 내는 차디찬 입김이노라 생각하기를,
그대에게 닿기 전 모두 꽁꽁 얼어붙어
결국 그대만은 절대로 이 마음 눈치채지 말기를

엄마의 사랑법

잘 개어진 깨끗한 수건과 빨래
내가 좋아하는 맛있는 음식
추운 날 휑한 목에 둘러주는 따뜻한 목도리

들어줄 만한 잔소리
어떨 때는 대답하기 귀찮은 관심
가끔 보면 쓸데없는 걱정

내가 볼까 봐서 앞에선 웃고
뒤에서 눈물 훔치는

엄마가 날 사랑하는 방법

소란

너는 어느 날 문득
고요함만 가득했던 내 마음에 찾아와
작은 소란이 되었다
이대로 떠나지 말았으면 하는

네가 떠나고 남을 내 마음이
무척이도 두려웠다

뿌리째 흔들려도 좋으니
더 큰 소란이 되어
나의 고요함 곁에
계속 머물러주기를

간절히 기도한다

바람이고 싶었다

때로 나는
공중에 흩어져 있는 바람이고 싶었다
보이지 않아도 느낄 수 있고
뜨거운 태양 아래서 떠올라 찾게 되는
없으나, 있고 싶은 존재가 되고 싶었다
스치듯 지나가나
강렬히 기억될 순간이고 싶었다

사랑한다고 말하지 않아도 돼

지금 너와 같다면
사랑한다고 말하지 않아도 돼

그래도 알 수 있으니까

말투, 눈빛
나를 따뜻하게 안아주는 너의 품

그래서 알 수 있으니까

언제고 지금 너와 같다면
굳이 사랑한다고
소리 내어 말하지 않아도 돼

너와 나의 가을

너는 가을이 싫다고 했다
차가운 가을이
너는 가을이 싫다고 했다
쓸쓸하고 외로운 가을이
너는 가을이 싫다고 했다
온 세상 텅 비어버린 듯한 가을이

그러나 나는 가을이 좋았다
그런 너의 푸념을 들어줄 수 있어서
그런 차갑고 외로운 가을에
너를 사랑할 수 있어서

너는 아마도 몰랐겠지만
너와 함께했던 나의 가을은
그저 행복 가득한 가을이었다
그래서 나는 가을이 좋았다

계절 잃은 꽃

아름답다
수시로 내 맘속에 피어나는, 너

너는 내게 계절 잃은 꽃이다

기대

모두 하지 말라는 기대였다

언제나 내 마음과 같을 거란 생각은 아니었지만
그래도 너에겐 기대하고 싶었다
누구나 그렇듯 세월 따라 너도 변해가겠지만
그래도 너에겐 기대하고 싶었다
결국엔 정답처럼 실망이 찾아오겠지만
그래도 너에겐 기대하고 싶었다

너에게만큼은 모두 기대였다
그래서 너에게 기대었다

사랑이란다

눈 감아도 떠오르고
잊으려 하면 더 깊이 새겨지고
생각만 해도 가슴 벅차오르고
바쁜 일상에도
어김없이 생각나는 너

그래, 사랑이란다

이별에게 건넨

안녕

지우개처럼

까맣게 되어도 좋다
지워낼 수 있다면

닳아 아파도 좋다
지워낼 수 있다면

꾹꾹 눌러 적어
지워내도
어렴풋이 보이는
자국은 남을지언정

하얗게 하얗게
돌릴 수만 있다면

가루가 되어도 좋다

너라는 작은 점

헤어짐이
괜찮지는 않아

그래도 결국
내 이별 끝에 남는 건
너라는 작은 점

내가 조금 늦잖아, 그래도 잊을게

내가 조금 늦잖아

너는 이미 지나갔지만
나는 아직 지나치고 있어

네가 금방 지나간 자리에
내가 잠시 머물고 있어

조금 서둘러 가는 널 따라
나도 가고 있어

조금 늦지만,

그래도 잊을게

파도가 지나간 자리

너와 내가 남긴 흔적은
오간 데 없고

차갑게 식어버린
짙은 모래 자국,

파도가 지나간 자리

아픔은 기억할지도 몰라

시간이 많이 흘렀다

우리가 뜨겁게 사랑했던 일
그때 느꼈던 수많은 감정들,
생각이 잘 안 나

행복했던 순간은 그렇게 잊히고 없는데
잘 떠오르지 않는데

아마
헤어짐의 아픔은 아직 기억할지도 몰라

사랑이 남긴 화상 자국

도무지
지워지지 않는다
조금 옅어졌대도,

이토록
깊어지는 줄 모르고
오래도록
남겨질 줄 모르고

뜨겁게 사랑했다

결국 내게 남은
절대로 지우지 못하는,

사랑이 남긴 화상 자국

네게 남긴 연민

돌아서면 그만인 것을
상처뿐인 기억들

덮어버리면 그만인 것을
눈물뿐인 시간들

사랑보다 잔인했던
우리의 이별에

네게 남긴 연민은
함께했던 지난날
내가 줄 수 있는 마지막 선물

네가 없다는 이유만으로

오늘도 어제와 같았어
똑같은 하늘, 똑같이 흐르는 시간
똑같이 반복되는 일상

그런데
가만히 들여다보니
조금 달라진 게 있더라

같은 하늘 함께 걷던 네가
흐르는 시간 속 함께했던 네가
반복되는 일상 속 전부였던 네가

그 어디에서도 찾을 수가 없더라

그냥 모든 것이 같았는데
네가 없다는 이유만으로
보는 것이 달라지더라

흔적

짙은 그리움
사무치는 마음

닿지 못하는 아련함
깊게 남은 상처

떠난 이는
도무지 알 길 없는

다녀간 흔적

이별 앞에서

사랑했었다

너와 나는
첫사랑처럼 무모했고
마지막 사랑처럼 애틋했다

영원하지 못했던 마음은
어느새 이별 앞에 놓였고

사랑을 잊은 채 이별 앞에 선 우리는
서로를 아프게 했다

내가 바라는 너의 시간

시간 속에 흩어지는 작은 초침 소리
아무리 되돌려봐도 그저 제자리
너와 함께했던 그 시간 속으로
더 이상 돌아갈 수 없게 된 걸까

난 아무것도 바라지 않는데
그냥 잠시만이라도
따뜻했던 너의 미소와
우리 행복했던 지난날들을
단 한 순간만이라도 다시 마주할 수 있다면,

미안해 너무 늦은 후회 소용없겠지만
이해해 내가 많이 부족했었어
사랑해 이렇게라도 내 맘 전해진다면 좋겠어

조금씩 커져가는 시계 초침 소리
어쩜 넌 시간을 재촉했을까?
얼마나 멀어지면 걸음을 멈출까

점점 더 흐려지는 너와의 추억의 끝에

이제서야 고개 떨군 너를 기억해 냈어
빠르게 지나가는 시간 속엔
너의 모습 보이지 않아 이젠

너의 멈춘 시간 속엔 더 이상
슬픔은 없이
그런 아픔은 없이
그저 행복하게만 살아줘

뜻하지 않은 이별

뜻하지 않은 이별이었다
그래서 더 아파왔다

속절없는 시간 속에서도
잊히지 않을 이별이겠지만,
너와 함께했던 순간을
이별 않고 살아가련다

끝없는 그리움이 사무쳐 오겠지만
그마저도 사랑하련다

잘 가, 나의 사랑아

봄비

네가 쏟아낸 비는
꽤나 오랫동안 내게 머문다

흔적일랑 남기지 않고
모두 훔쳐 가는
여름 장맛비처럼

다시는 맞고 싶지 않은
따갑고 찬 빗방울처럼

이윽고,
네가 지나간 내게
피어나는 모든 것들이
아름다웠다

내게 내린 넌
진흙탕을 남기고 가려 내린
장맛비가 아니라

내가 아름답게 피어나길 바란
봄비였을까

지각

서두른다고 서둘렀는데
겁이 나 멈춰 섰던
순간순간이
결국 네게 닿는 시간을
늦춰버렸다

그대 사랑이 슬픔으로 다가올 때

그대는 온통 사랑이었다

그대를 생각하는 것만으로도
가슴 떨리고

그대와 함께 할 내일의 행복을 꿈꿨다
그대 없음은 상상조차 두려웠는데

언젠가
그대가 내게 슬픔으로 다가올 때
더 이상
사랑은 남아있지 않음을 알 수 있었다

망부석

나는 오늘 이별을 안고
아픔에 앉았다

이 마음은 돌덩이가 되어
망부석처럼 떠나지를 못하고
그 자리에서 모두 부서질 때까지
머무르고 또 머무른다

기억 속의 너

이상하지
나는 돌고 돌아 한참을 보내고 왔는데도
여전히 너는 거기에 있다

많은 시간 흘러
나도 그만큼 바뀌었는데
그래도
여전히 너는 그대로 있다

지금 너는 어떤 모습인지
도무지 알 수 없는데

나의 기억 속 너는
이토록 선명하다

이별의 상처보다 남겨진 너의 사랑이

아프게 찔러대는 모진 말에도
차갑게 돌아서는 뒷모습에도
차마 미워하지 못했다
내게 이별을 주고 있는 너를

사랑한다던 너의 그 말이
항상 따뜻하게 안아주던 너의 그 품이
그런 널 사랑하는 내 마음이
차마 널 미워하지 못했다

이별의 상처보다 깊게 남겨진 너의 사랑 때문에

그대 다시 꽃피울 때까지

그대 어찌 내 맘에
그리 아름답게 피었소
그대 피어나 내는 향기는
어찌 그리 달콤하오
계절은 무심코 그대를 앗아갔지마는
그대 내게 내린
그 깊은 뿌리는 결코
사라지지 않았다오
다시 꽃피울 그 계절만을
하염없이 숨죽여 기다릴 뿐이라오

그리움

네가 내게 견디라며 주고 간 추억이
결국 못 견딜 그리움을 주었다
나의 겨울에 봄이 되어준 너를,

나는 아직도 그리워한다

가랑비처럼 젖어들어 장대비처럼 떠났다

잡힐 듯 잡히지 않는 너는 애를 태우고
피해 보고 가려봐도 파고드는 작은 물방울

켜켜이 내려앉아
어느새 나를 흠뻑 적신다

너는 가고 없는데
나는 너의 흔적에 빠져 허우적댄다

너는 내게
가랑비처럼 젖어 들어 장대비처럼 떠났다

가을비

겨울 문턱에 내린 가을비는
무심히도 그 잎들을 거두어 간다
영원할 것만 같던 푸르름에도
시린 이별이 있을 줄이야

너라는 먼지

털어내면 그만인 줄 알았다
닦아내면 그만인 줄 알았다
불어내면 그만인 줄 알았다

털어내는 바람에도 되돌아오고
닦아내도 어느 틈에 남아 더 두터이 쌓여버리고
불어내면 더 멀리 퍼져 내려앉아
여기저기 어지럽힌다

매일매일
생각이 날 때마다 치워내지만
도무지 사라지지 않는
너라는 먼지

너도 나처럼

너도
아무렇지 않은척하지만
돌아서 턱 끝까지 차오르는 슬픔을
꾹꾹 누르다 못해 결국 토해냈을까
흘려내면 다시는 돌릴 수 없을 것만 같아
애꿎은 입술 깨물며 꾹꾹 참았던 눈물들을
결국 쏟아져 버린 슬픔과 함께
끝없이 흘려냈을까
그렇게 텅 빈 채로 정처 없다가도
또 넘치도록 채워지고 마는 이 지독한 굴레를
아직도 벗어나지 못하고 있을까
나처럼

좁힐 수 없었던 거리

손끝은 닿을 수 없어도
마음은 닿을 줄만 알았다
눈앞에 보이지는 않아도
마음은 보일 줄만 알았다

무언지 너무 먼 거리에
겨우 내 마음 끝자락만이 너에게 닿아
끊길 듯이 위태로워 보였나 보다

아마도 너를 놓았다기엔
너무도 멀었던 마음일지도 모르겠다

너를 보내던 날

유난히도 맑던 날
웃으며 너를 떠나보내고
돌아오는 길

눈물이 앞을 가렸다

멈춰 선 걸음에
무심하던 하늘도
내 눈물이 그리도 애처로워

같이 눈물 흘려 내었다

빗물에 흩어진 그리움

돌아선 걸음에 묻어난 그리움이
빗물에 흩어진다
낮게 울린 마음 잔잔히 그대 곁에 닿기까지
그 길 따라 끝없이 흘러가기를

그대라는 그리움

무수히 많은 밤중에
그대를 떠나보낸 그 밤은
지독히도 외로이 다가왔다

가고 없는 그대라는 그리움은
깊은 밤처럼
어둑히도 찾아왔다

이별을 고한다

사랑이 머물렀던 자리에
그리움이 꽃피우고
그 생명 다할 때서야 나는,

결국 이별을 고한다

나의 가을

나는 온통 너로 물들어
그토록 아름다웠으나

너는 너무도 잠시 머물러
참 많이도 쓸쓸하였다

네가 떠나고 나에겐
스치는 찬 바람만이 남아
이토록 가슴 시리다

아름답지만 외로움 가득한
너는 나의 가을이었다

그리움의 눈물일 뿐입니다

떠난 이는 슬퍼하지 말라고 하였습니다
나의 기억 속에 행복한 것만 간직하며
문득 떠오르면 꼭 미소 지어 달라고 하였습니다

남겨진 나는 매일을 눈물짓습니다
떠난 이의 말처럼
행복한 것만을 떠올리며 미소 지어봅니다
하지만 흐르는 눈물까지는 어쩔 수가 없었습니다

떠난 이를 떠올리며 짓는 미소는 행복이겠지만
함께 흐르는 눈물은 그리움이겠지요

눈물로 아프지는 않습니다
그저 많이도 그리울 뿐입니다

너는 짙다

세월 속에 흐려져 가는 많은 것들과는 달리
너는 부러 외면해 봐도 더 또렷해질 뿐이다
인생에 칠해 놓은 많은 색이 있지만
그중에 너의 색은 가장 선명하다
눈을 뜨고 있어도, 꼭 감아보아도
너만은 분명하게 보인다

이상하게도 너는 내게 참 짙다

인생에게 건넨

안녕

꽃 피우리라

그대, 무심코 떨어진 씨앗일지라도
누구도 눈길 주지 않는
작은 존재일지라도

빛 들지 않는 깊은 곳 가리워 있어도
밟히고 차이고 상처 날지라도

굳은 땅, 그 속에서
반드시 그대라는
강하고 아름다운

꽃, 피우리라

눈물베개

잠 청하려 누운 이부자리에
오늘 그리도 힘이 들었나

숨죽여 흐르는 눈물
한껏 훔쳐도
온갖 이야기를 품은 채
흐르고 흘러
베갯잇을 적시 운다

짙게 배인 아픔 가득 안고
밤 깊도록
마르지 못하는 눈물베개

꿈과 행복

지금 꾸는 꿈은
누굴 위한 꿈이던가

높이 날아오르려
깃 잃는 줄 모르고
힘껏 젓는 그 날개는
무엇을 위함이던가

그리하여
진정 나는 행복하던가

잊게 하소서

이젠 모두 잊게 하소서
날 붙잡고 놓지 않는 불행한 기억들
다시는 반복하고 싶지 않은
아픈 기억들
가슴 시리도록 슬픈 기억들
내 삶이 그저 행복하도록
처음처럼
모든 걸 잊게 하소서

들꽃처럼

바람 따라 흔들리는 들꽃처럼
어디에도 자라나는 들꽃처럼
자유롭게 피어나는 들꽃처럼
혼자서도 아름다운 들꽃처럼

바람

조금 흔들린다
그러다 말겠지

결국 흩날린다
이는 바람 따라

제자리

이 깊은 어둠 끝에
날 기다리는 건 무엇일까
두려움에 상상조차 할 수가 없어

한없이 드리우는 그림자 속에
이젠 끝을 염원하지만
그곳에 있을 모든 것들이
나를 망설이게 해

알고 나면 괜찮아질까
조금은 달라질 수 있는 걸까
한 발짝 내디뎌보지만
이내 뒷걸음질 쳐

더는 물러서지도, 나아가지도 못하는
제자리 내 모습이
조금은 지쳐

다 알지 못했다

아마,
그대도 조금은 두려웠을 거란 걸

새하얗게 놓인 인생이라는 백지 앞에
망설임으로 한 발 딛기 힘들었을 거란 걸

자꾸만 부딪히는 벽 앞에
수도 없이 무너졌을 그 마음을

나는 미처 알지 못했다

덜어내기

살아가다 어디쯤,

바쁘게 달려
지쳐 내는 깊은 한숨 속

쉬어가는
한숨 덜어내기

엄마의 기도

곤히 잠든 네 곁에서
두 손 모아 기도한다

네가 겪을 아픔 전부 내게 주라고
네가 느낄 슬픔 모두 내게 달라고
네가 흘릴 눈물 다 거두어 내게 흘려내라고

그저 너는 매일 웃고
그저 너는 아프지 않고
그저 너는 늘 지금처럼
아무 걱정 없는 채로 깊은 잠 들라고

나는 오들도 기도한다

내 행복 모두 너에게 주라고

실패가 두려웠어

아이가 넘어지며 걷는 법을 알듯
살다 보면
그렇게 계속 넘어질 텐데

걸어야 하는 나를 뒤로하고
그저 넘어지기 싫어
그대로 멈춰 섰어

언제나 성공을 기대한 건 아니야

그래, 사실은
실패가 두려웠어

가고, 내리고, 진다 떨어진다

해는 내일을 밝히려 어둠에
가고
비는 생명을 깨우려 높은 곳
내리고
꽃은 열매를 내주려 그 잎을
져 낸다

그렇게

해는 떨어져도 다시 오르고
비는 떨어져도 싹을 틔우고
꽃잎 떨어져도 열매 맺는다

세상 오직 하나뿐인 너에게

그저 잠시 지나는 바람 일지라도
나는 바람 막아주는
너의 가림막이 되고

작열하는 태양 아래
나는 그늘이 되어
너의 흐르는 땀방울 식혀주고

삶 그 긴긴 여정에
네가 잠시 쉬어 갈 수 있게
나는 너만의 쉼터가 되고

그 마지막엔
언제나 너의 곁에 머무를
행복한 추억이고 싶다

그대는 여전히 아름답다

세월이 흘러
나이가 들고
깊어진 주름
인생의 흔적

그래도 그대
그대로 그대

그대는 여전히 아름답다

폭풍이 지나고 우리에게 남은 건

우린 너무 어렸다

나의 감정도 너의 감정도
모두 휘몰아치는 폭풍이었다

소용돌이 속을 걷던 우린
서로를 바라볼 길 없었고

그 거친 바람은
우리에게 많은 시련을 줬다

모든 것이 지났을 때
어질러진 우리에게서 빼앗지 못한 건
오랜 시간과 추억

우린 폭풍이 가져가지 못했던
지난 시절을 돌이켜
서로를 용서했다

용서

용서는
네가 아닌
내게 쉼을 주는 것

용서는
그 마음이 아닌 내 마음을
다독여 주는 것

용서할 수 있다는 건
그보다 내가
더 강한 사람이라는 것

기회

그가 비록 내게
아픔을, 눈물을,
슬픔과 분노를 주었대도

그에게
내 아픔을 알 기회를 주세요

그가 몰라서 내게 그랬던 거라면
그게 진심이 아니었다면

알고 나서
더 많이 아파할 거예요

이유 없는 눈물

멍하니 생각에 잠길 때면
눈물이 흐른다

때때로 이유를 묻지만
언제나 이유는 없었다

다만
이유 없는 눈물 속엔 항상
그 하루를 가득 담아 흘려보냈다

너에게 보내는 위로의 말

씨를심고 물을주고
거친풍파 모진세월

견뎌내온 너의인내
차마나는 몰랐구나

이제서야 알게됐다

지금부터 피어나는
너란꽃에 건넨응원

수고했어 고생했어
이제부터 반짝이렴

생일 축하해요

평생의 단 한 번뿐인
당신이 태어나는 그 순간!
그 하루를 축하하기 위해
매년 돌아오는 오늘 하루, 생일

혹여 오늘 뜻하지 않게 힘들었다 해도
생각만큼 행복한 날이 아니었대도
슬퍼하지 말기

생일 축하해요

여자, 엄마

선택해
여자야? 엄마야?

내게 주어진 어려운 문제

나는 여전히 여자이고
그럼에도
언제나 엄마이고 싶은

여자엄마

작은 우산

어깨 위로 빗방울이 스친다

이내 쏟아져 내리는 비는
발끝을 적시고
소매를 적셨다

어떻게든 피해 보려 애썼지만

손에 들린 작은 우산 하나로
모든 걸 가릴 수는 없었다

아메리카노, 쓰다 그리고 달다

아메리카노
쓰다

그런데
내게는 이상하리만큼
단 시간을 준다

알 때도 됐지

세상살이 녹록지 않다는 것을

내 뜻대로
내 맘대로
그래도 괜찮았던 시간은
이미 지나가 버렸다는 걸

그래, 이젠 알 때도 됐지

난 다를 거라
난 아닐 거라
자신했던 철없는 생각들도

결국 나도 딱 그 정도 그만큼에서
멈춰졌단 걸,

더 이상 돌아갈 길도 없지, 그저
더 돌아가지 않길 바라며

뒤돌아보며 살아야겠지

그대 가시고 남은 자리에

그대 이제 가시는 길
영영 뒤돌지 않고
그리로 앞만 보고 가시는 길

가시고 남은 자리,
평생 사랑으로 머물던 자리
깊은 슬픔으로
그 흔적 희미하게 사라진대도

내게 남겨두고 간 당신의 사랑
그 추억으로 가득 메우리

겨우 그 빛이

어두운 방 한편
차가운 바닥에 앉아
긴 숨을 내쉰다

창틈으로 새어드는
가녀린 불빛에
떨군 고개를 올렸다

아무것도 없던 어둠에
겨우 그 빛이
나를 밝힌다

겨우 그 빛에
나를 일으켜 세운다

너는 결국

너는 마치

바람 앞에 꺼질 듯이 요동치는
등불처럼
거친 파도에 사정없이 흔들리는
작은 배처럼
둥지에서 벗어나려 여린 날갯짓하는
작은 새처럼

온 힘을 다해 버틴다
네 힘을 다해 싸운다

그렇게 너는 결국
높이높이 날아오른다

그저 고개를 들면 알 수 있었던 모든 것들

끝없는 듯 펼쳐진 가파른 오르막
어디쯤인지 모를 도착점을 향해
고개 숙인 채 걷는다

그 긴 여정에 더 이상 나아가기 힘들 때
잠시 멈춰 무심코 고개를 든다

나는 미처 알지 못했다
내가 그 길을 걷는 동안 함께했던 모든 것들을

흐르는 땀 식혀주는 시원한 바람을
뜨거운 해 가려준 수많은 나뭇잎들을,
지친 마음 달래줄 저 새의 노랫소리를

그저 홀로 힘겨워하고 있었다

아무것도 보지 않은 채
아무것도 느끼지 못한 채

힘들 땐 언제든 쉬어가라며 기다려주고
외로움 나누자며 동행해 주던,
그저 고개만 들면 알 수 있었던 그 모든 것들을

별은 져도 의미가 있다

밤하늘 수놓은 반짝이는 별
어둠이 짙어질수록 너는 빛난다

누군가는 너를 바라보며 꿈을 키우고
누군가는 너를 바라보며 위로받는다

너는 그렇게 오래도록 빛나다
언젠가 하늘에서 져버린대도
우리는 너를 보며 두 눈 꼭 감고

너와 닮은 소망을 갖는다

매미의 계절

매미야 목청껏 울어라

오랜 시간 침묵으로 기다려온 너의 계절에
크게 소리 쳐내어라
다시 돌아오지 않을 지금 이 시간에
참지 말고 모두 다 쏟아내어라
너는 가고 없을 그 계절에도
너의 목소리 다시 떠올릴 수 있게
목숨 다하는 그 순간까지,

매미야 맘껏 울어라

꿈 깨러 가자

자, 꿈 다 꿨으면
꿈속에서 헤매고 있는
나를 깨우자

내가 만들어 놓은 반짝이는
그 꿈
생각만 해도 가슴 벅찬
그 꿈

그저 꿈으로 남지 않도록

멈추지 말고
찬란한 꿈 산산이 부수어져
내 눈앞에 놓일,

꿈보다 아름다울
그 순간 향해

자, 이제 꿈 깨러 가자!

아픔 하나쯤은

네가 품은 것
모두는 아니어도 하나쯤은 내려놓아라
그 빈 공간 채워줄 누군가를 위해서

기다려도 오지 않음은
채워줄 자리를 내주지 않음일 테니

아픔일랑 서둘러 비워내거라

너는 여전히 아름답게 피어있다

향기 내어 너 거기 있다고
알리지 못하였어도 괜찮다
그곳에 피어있으므로 충분히 아름다웠으니

모두가 알지 못하였어도 상관없다
널 바라본 단 한 명으로도
너는 그 몫을 다 하였으니

그조차 널 떠난다 하여 달라질 것은 없다
넌 여전히 아름답게 피어있으니

가을 나무

찬바람이 흔들 때
가을 나무는
여름내 키워왔던 수많은 잎들을
떨구어낸다

조금 아프지만
너는 알고 있다
그 아픔 뒤에 더 무성해질 너의 잎사귀들을

그렇게 너는 마지막 잎까지
남김없이 가을 밑에 묻는다

찬 겨울 지나
더 성장할 봄을 위하여

모래

오늘도 파도에게 곁을 내어준 모래는
끊임없이 부서진다
마르지 못하고 눈물 젖는다

소망

내 작은 소망은

오늘을 사는 그대가
내일을 꿈꿀 수 있길

마음에 품은 아픔 거두고
누구보다 밝게 웃을 수 있길

삶이 행복하노라
말할 수 있길

돌아보지만 돌아가지 않는다

빛없는 새벽
안개를 밟으며 나는 정처 없이 걸었다
무언가 잘못되었다 느꼈을 때쯤 동은 텄고
뒤돌아보니 온통 진흙탕이었다
발은 온통 흙탕물에 젖어 되돌릴 수 없었다
그 길로 돌아갈 수 있었지만
한낮 되도록 걷고 또 걸었다
어느새 젖은 발은 바싹 말라 있고
진흙더미도 툭툭 떨어진다
내가 진흙탕 속을 헤맨 걸
온전히 털어낼 순 없었지만
또다시 그 속을 헤매지 않음을 감사했다

꿈의 시작

너의 꿈이라고 외쳐보는 것이
헛된 것은 아니야
그 작은 씨앗에 물 한 방울 주는 것이
어려운 것은 아니야
더뎌도 싹 틔울 너의 꿈을
애써 감출 이유는 없어
괜찮아, 지금부터가 시작인 거야

순리

계절 모두 돌아 다시 가을 곁에 왔으니
가진 것 모두 내어줄 수밖에

밤바다

까만 밤
아스라이 들려오는 바다 목소리
그 소리 귀 기울이려
모래 방석 위에 자리 잡는다
가만히 바라보고 있노라면
수평선 끝에 닿은 밝은 달빛은
물결 따라 내일을 향해
흐르고 흐른다

새벽이슬에 담고

일찍 떠진 눈은
다시 감길 줄 모른다

찬 바람 부는 어두운 새벽
가로등 불에 발걸음을 맡긴다

불빛 따라 선명해지고
흐려지는 수많은 생각들

날이 밝기 전
풀잎에 앉은 이슬 안에 모두 넣은 채
발걸음을 돌린다

밤과 안녕

내게 밤은 늘 어둠이었다
빨리 벗어나고픈

내게 밤은 언제나 두려움뿐이었다
멀리 달아나고픈

하지만
무수히 많았던 지난날
너를 대했던 나의 어떠함에도
내가 깊이 잠들어 아파하지 않도록
자신을 내어주었던 밤에게,
나는 오늘 처음으로 안녕을 건넨다

네가 바란 나의 안녕이 고마웠다고
덕분에 나는 너무 편안했다고…

언젠가 둥지를 떠날 너에게

아가야
둥지를 떠나려면 있는 힘껏 날갯짓해야 한다
두려움 없이 그 날개를 활짝 펴내야 한다
오로지 날아오를 것만을 생각하며
쉼 없이 허공 향해 노 저어야 한다
지금 하는 힘없는 너의 날갯짓도
훗날 날아오름에 힘을 보탤 것이니
포기 말고 조금씩 조금씩
둥지 위로 올라서거라

지금처럼

그대는 지금처럼
따뜻한 시선으로 남아주세요
있는 그대로 축복해 주며 사랑해 주는
아름다운 마음으로 남아주세요
그대가 꽃피우는 모든 것들로
세상이 행복해지도록

그대여,
지금처럼 머물러주세요

광복에 대하여

세월에 묻힌 그대의 고고한 열망이
나의 삶이 되어 돌아왔다

그대의 눈물이 나의 웃음이 되어
그대의 내일이 나의 오늘이 되어

잊힐 리야 있을까마는
오늘로 드높여 그대를 기린다

결혼하는 당신에게

당신의 두 손에 들린 아름다운 꽃만큼
앞으로의 삶도 아름답게 피어나기를

당신의 두 손을 떠난 아름다운 꽃만큼
당신의 빈손, 서로의 손으로
꽃보다 아름답게 채워가기를

당신이 걷는 그 길로
언제나 사랑이 가득하기를

길가에 핀 꽃 한 송이

그대 바쁜 걸음 멈추어
잠시의 휴식이 되는
길가에 핀 꽃 한 송이 되고 싶다

때로는 지나쳐
여기 있는지 모르다가도

문득 눈에 띄어
그대를 웃게 해줄
꽃 한 송이로 피어있고 싶다

악해지지 말기를

그대여,
언제고 삶에 지칠 땐
한없이 약해져도 괜찮다

하지만 악해지지는 말기를

언제나 그랬듯
약해진 삶은 반드시 회복할 수 있지만

악해진 삶은 절대로 회복할 수 없으니

탈출

너무 많은 생각은
나를 의심의 늪으로 빠뜨렸다
흐르는 강물처럼 자유롭지 못하고
생각할수록 깊이 빠져들어
나를 병들게 했다
사랑하고자, 이해하고자 시작했던 생각은 결국
미움이 되고, 화가 되어 나에게 돌아왔다

지칠 만큼 지치고 나니,
그 늪에 모든 것을 던지고 나니
남는 것은 아무것도 없었다
자유를 갈망했으나 생각에 발목 잡혀
끝없이 내려앉았다

이젠 그 암흑 속에서 벗어나고자 한다

돌멩이를 바위라 생각하지 않기로 했다
소나기를 장마라 생각하지 않기로 했다
이 늪의 어둠을,
끝이라 생각하지 않기로 했다

세상의 모든 것들을 있는 그대로만,
거기까지만 생각하기로 했다

암막 커튼

내가 쳐놓은 암막 커튼 속은
늘 어둠이었다

그건, 밝은 빛을 마주하기 어려웠을
마음이었는지도 모르겠다

내가 만든 어둠이 익숙해졌을 때쯤엔
틈 사이로 새어 들어오는 빛을
외면하고 또 외면했다
내겐 늘 어둠만이 있을 뿐이라고 말하면서

손을 뻗어 걷어내기만 하면 되는 얇은 천 조각을
빛이 보이지 않아 걷어낼 수 없다며 둘러댔다

그땐 몰랐었다
제아무리 두꺼운 암막 커튼도
나를 향해 쏟아지는 빛을 막지는 못했다는 걸

내 외면에도 아랑곳 않고
틈을 찾아 비집고 들어왔던 빛은

언제고 다시 일어나 어둠의 커튼을 걷어버리고
자신과 마주하길 응원하고 있었다는 걸

폭포

네가 폭포인 것을 잊은 채
떨어지는 것만을 생각하여 오는 괴로움이
어찌 마땅하다고 하겠느냐

모두가 너를 보며 아름답다 하는데
너만 홀로 바닥만을 바라보며 슬퍼하는 것이
너에게 무엇을 얻게 하겠느냐

그저 너의 흐름대로 세차게 나아감이
네가 가진 아름다움 아니겠느냐

완벽하다

어떤 꽃은 향기가 없었으나 완벽하였다
어떤 나무는 꽃이 없었으나 완벽하였다
어떤 새는 날지 못하였으나 완벽하였다

모든 것은 이미
가지고 있는 것만으로도 충분히 완벽하였다

겨울에 피는 꽃

모두가 피어나는 계절에
모두가 향기 내는 계절에

넌 애써 찾아도 보이지 않지만

이내 차가운 그 계절이 오고
나 여기 있다 뽐내지 않아도
홀로 아름답게 피어 빛나는

너는 겨울에 피는 꽃

모래밭 위 걸음

내가 지나온 모래밭 길 위 흔적은
금세 돌아보면 파도에 쓸려나가
바다에 녹아들겠지만

그렇다고 그 길이 어찌
내가 걸어온 길이 아니라 말할 수 있겠는가

지금 선 이곳도 어느새 잊히겠지만
그렇다고 그것이 내가 멈춰 서야 할 이유겠는가

내 걸음은 결국 바다가 되어 추억될 것을

비가 내렸습니다

오늘 비가 내렸습니다
떨어지는 비가 올리는 비릿한 흙 내음이
내 눈물과 함께 차올랐습니다
그 눈물은 무엇이었을까요

그렇게 빗속을 걷다 보니
내게 닿은 차가운 빗방울은 켜켜이 쌓여
눈물처럼 따뜻하게 흘러내렸습니다
그 바람에 나는
내가 가진 뜨거움을 알아차렸습니다

매일같이 쏟아지는 강한 볕 속에서
나는 내가 가진 것을 느끼지 못하며 살아왔지요

오늘 유난히도 차가웠던 비는
나를 보여주었습니다
깊은 곳에서 끌어올린 눈물로
나를 알게 해주었습니다

겨울은 나의 봄

강한 추위가 나를 에워싼 것은
언제나 시련이었다
반복되는 계절은 벗어날 수 없었다
내게 있던 모든 것을 앗아가는 그 추위는
너무도 잔인하였다
그 아픔에 빠져 늘 괴로울 뿐이었다

추위가 가시고 나서도
여전히 그 잔상에 몸부림쳤다
어김없이 찾아오는 봄을 망각한 채로

그렇지만 겨울은 언제나 봄이었다

겨울이 품은 것, 그가 내어줄 것은
한치의 빗나감 없이 영원히 돌아올 봄이었다

나는 잊었으나
나는 느끼지 못하였으나
내게 늘 가장 따뜻하고 아름다운
봄만을 내어주는 겨울이었다

첫 만남

그대를 만나려니
낯선 마음이 들었습니다
그 마음은 두려움이나 어려움 따윈 아니었지요
그대는 어떤 이일까
그대와 어떤 인연을 이어 나갈까
그런 기대와 설렘의 낯선 마음이었지요
그런 그대와의 낯선 만남을 생각하는 것만으로도
나의 하루는 참으로 즐거웠습니다
낯선 만남 뒤의 익숙함을 기대하며
나는 지금 그대를 만나러 갑니다

나는 오늘 처음으로 안녕을 건넨다

초판 1쇄 인쇄	2022년 12월 10일
초판 1쇄 발행	2022년 12월 21일

지은이	김민하
펴낸이	이장우
편집	송세아 안소라
디자인	theambitious factory
일러스트	이로_L.R
제작	김소은
관리	김한다 한주연
인쇄	금비PNP
펴낸곳	도서출판 꿈공장플러스
출판등록	제 406-2017-000160호
주소	서울시 성북구 보국문로 16가길 43-20 꿈공장 1층
이메일	ceo@dreambooks.kr
홈페이지	www.dreambooks.kr
인스타그램	@dreambooks.ceo
전화번호	02-6012-2734
팩스	031-624-4527

ISBN	979-11-92134-32-1
정가	12,600원